JN245502

Asian Dream

Asian Dream

石田瑞穂

思潮社

目次

III

I

II

装幀　奥定泰之
題字　著者

Asian Dream

I

Asian Dream

アジア　日本人の血を脈打つ
左手首の静脈のうえで
うらがえしに巻かれたカシオが
アメリカの時間を刻んでいた
大切なだれからも忘れられ
カウチで居眠りしてしまった
ぼくの顔のうえを
テレビのサンドノイズが漂い
秒針の幽霊みたく
夜が色を洗い流した皮膚をちくちく刺す

汗でしみになった
オークランド・アスレチックス
黄と緑のベースボールキャップは
まだ頭のうえにのっかっていて
みんながぼくのガールフレンドと呼ぶ
ノーブランドのジャズギターも
右腕が抱いてはなしていない
妊娠していたの
ウィスコンシンの田舎町の電話口から
黒ツグミたちの歌とともに
恐ろしい錠剤のせいで
夢見るような口調が流れてきて
ついD音をつよく押さえてしまう
黒人街の野鳥が鳴いた記憶はない
父親はだれなの？
おなじ高校のフットボール選手

だってさびしかったし
あさっての飛行機で帰国だって
麻酔にでもかかったみたいに
灼熱の砂漠で膨張したイラク人兵士らの
死体の映像をながめながら
外国からきた人間は
無期限の妊婦なのだと思う
つわり　静止する卵巣　食物の拒否
不調と負荷のかかる日々
いつまでもつづく待機状態
他者の深い鏡の奥辺で
ふくらみうつり変わる外見
それでもまだ
見えない夢の黎明から
雨音のような泣き声がきこえてくる
彼女の胎内で　すがたも

性も人種も子午線もさだまらない
やわらかな魂が空の高みで
おお声で泣くのが
生まれでてさえいない
世界を飛び越えるはじめての旅へ

"Asian Dream" by Makoto Ozone from *So Many Colors* (Verve): Makoto Ozone-piano; James Genus:-bass; Clarence Penn-drums.

Illusion

傷は記憶を深々と実在させる
それが幻だったとしても
たしかに過去はあったと
報せてくる不思議な力がある
両切りキャメルの紫煙をほどいて
窓から鼻をつく金属臭と
サンマテオ湾の生臭い風が吹きこむ

シーツのカーテンに夏はゆらぎ
船舶ドックの煙のむこうに
溶接の花火が見えた
鉄でできた夜を
修復しているように

あたしの母ってベンガル系でしょう
だから名前がジャデブなのよ

子どものころよく
デ＝ジャブってからかわれたわ

闇のつぎに濃い右手がベッドをさまよい
いつもなにかをさがしていた

煙草の灯台が照らす小指は
第二関節から先がない

"Illusion"by Andrew Hill from *One For One* (Blue Note): Andrew Hill-piano; Bennie Maupin-tenor saxophone ; Ron Carter-bass; Mickey Roker-drums; Sanford Allen-violin; Alfred Brown, Selwart Clarke-viola ; Kermit Moore-cello.

Cool Nights

煙草を吸う犬（シャン・キ・フューム）っていう
ブルトンの詩句を思い出す
ベトナム・レストランのある丘が
ぼくらのたまり場だった

Yo! lights!

ハイウェイの煤だらけの薄暮をのろのろはう
無灯火の車を見つけては
きこえもしない声をはりあげる
ライトかテールランプがついたら
そいつの勝ち

野球もラップもできない
国籍も国語もさだかじゃない
アジアのキッズたちはドレイクス・ビールを片手に
塵鉄色の夜を挑発しつづけた
街じゅうの声が蛍のように灯るのを待って
Yo! lights!
だれがいつ決めたのか
この丘はいわば中立地帯（ノーマンズ・ランド）
スイサイダル・テンデンシーズの
ツアーバンダナをまぶたまでひきさげた
カラーギャングもコルトを窓からぶらつかせ
大音量でトヨタを流したりはしない
D.R.I. 版 *No Woman, No Cry* もぼくらには
速すぎて　加速する no name にきこえる
人はそこでまったくのエッジに
トランジットに　宙ぶらりんの状態になる

人種より中間のゾーンが優先される
白人（ホンキー）マイキーの陸軍放出物資店で買える
迷彩ジャケットの切りおとされた肩口
肌の路地からはしるクラックは
冷ややかにのぞくほど優雅
その亀裂から　土がこぼれていた
かわいてた　命のように　夜のように
黴くさいコヨーテの骨をよけながら
指のあいだからさらさらこぼして
掌を嗅ぐ　無限と塵のにおいのする遊び
いったん肌をぬらすと凍えるほど寒い
サンフランシスコの霧雨を吸った
木綿シャツも青臭く発光して
一九九一年のアメリカは
悪夢の工場といえたが
ときには最良の発明をした

この丘はレイクパーク教会なんかより
処女聖人よりぴかぴか
クリーンであることを守られ
街の刺青——グラフィティさえ蒸発する
そのサインは数時間のうちに
名前も色もないものとして
名前も色もないものらの手をわたり
見て　さわれる　忘却を
麻薬ビルの壁にスプレーして

Yo! lights!
ナイフで切った瞳をもつ
だれからも見えない人間たちが
夜をつらぬく声の涙を
光の渦へ　天使の小便みたくまきちらす

"Cool Nights"by Pat Metheny from *Cool Nights* (GRP) : Gary Burton-vibraphone ; Bob James-keyboards ; Bob Berg-saxophones ; Will Lee-bass, Percussion ; Walfgang Muthpiel-guitar ; Peter Erskin-drums, Percussion.

Slang

アメリカ英語には
肌の色が刻まれてるってさ
少女を暴行した咎で起訴された
マイク・タイソンの監視カメラ画像と

複数の警棒になぐられる黒人の映像が
鳥の悲鳴のように水平に落下し
言葉とテレヴィのなか以外
街は静穏に見えた

デルタ・ブルースの開放弦
eとrが眠りこけて夢から母音を盗みとる
ケアカのハワイ英語をバックに
ぼくらは廃棄品のタコス六つずつとコークを

紙袋でかくしたボトルをまわして胃にいれた
オークランド・トリビューン社の時計塔は
震災で倒壊したまま二年も放置され
あばよ（アウフ・ヴィダー・ゼアン）　黒んぼども　チンキーズ

あばよ（アウフ・ヴィダー・ゼアン）　ダーイッシュ　地獄で会おうぜ
スプレーガンの銃声にかき消されそうで
街が棘をだしはじめる
デイジー　リリィ　クロエ　ジャスミン

よお　アジアンガールの英語名は

なんだって　みんな花なんだ
世界樹から泥池に散華しようとするんだ
カリフォルニア名物スモッグ色の夕陽はスラングだ

移民たちがまとう日没線で錦繡された記憶の法衣
ボロアロハを着た男がふるえる指で
ビキニ娘にサックスの幻影を吹き散らす
巨大ラジカセのいかれたラップが

メリット湖の対岸からきこえてきて
けれども潮風より十二倍は静か
パブリック・エネミー
あんなにおなじ怒りで
おなじ韻を踏みつづけたら
街中から詩が消えて

なくなるんじゃないか
記憶とはいえ心配になる

＊スラング（slang）　人種や出身地により特徴があるアメリカ英語の隠語。

"Slang" by Steve Coleman from *Cipher Syntax* (Bamboo): Steve Coleman-alto saxophone; Greg Osby- alto saxophone, pitchrider; David Gilmore-electric guitar; Bob Hurst-bass; Tani Tabbal-drums.

Solar

声

空が水の限界へ船出してゆく
それだけでもう　祝祭ははじまっていた
噴きだす霧が空家たちのために虹の空中広告をかかげ
水が街の無政府状態をあらわす不思議な区画にぼくらは迷いこむ
そこは　壊れたものたちがあふれでる消火栓の水上村
アフロ　ロシアン　ヒスパニックのちいさな水精たちはみんな
ぬれて体にはりついたシャツのまましぶきをあげてヒップホップしてた
ホットパンツをはいたプエルトリカンの女の子がひとり

両手をひろげて水都をわたり　マライア・キャリーになってハミングする
言葉も　故郷もない歌　秘密が壊れた　消火栓ソングを
ガイズ！　あんたらもなにか一曲吹いてよ
ぐっしょり　スペイン英語（スパングリッシュ）の水鉄砲を速射しながら
彼女は鉄のカーテンならぬ水のカーテンのむこうへぼくらを手招きした
詩とジャズが兄妹なのはフレーズを研磨する鼓膜の思考だから
なにを吹こうか　手ぶらのまま吹ける気になって

死者

子どもたちだけには
ぼくらは見えているようだった
レイバンのミラーグラスをかけた
警官は眉ひとつ動かさない
語尾に sir をつけてもさ

子どもの魂は白く鳴くのであり
大人の幻想をこえて大きく深いのに
ぼくらの髪　肌　虹彩は死者の色

アメリカの夜

子どもたちが徴兵されたら
市庁舎を爆破してやる
一九九一年一月十七日　湾岸戦争
開戦の夜　移民の子らの聖母
オークランド・スカイライン高校
英語教師ジャナの爆弾は　涙
暗視カメラのなかの砂漠国では
ミサイルの慈雨が降りそそぐ

生者

アメリカ口語を覚えたせいで
詩人の舌が生えた日本の馬鹿息子は
三級バーボンに星を灯して
今夜も世紀末の一夜に話しかける
だめだよジャナ　ヘミングウェイもアドルノも
戦争になれば　あらゆる言葉は
神の言葉でさえ死ぬ
死者にならなければ言葉は生きかえらない

"Solar"by Miles Davis from *Question and Answer* (Geffen): Pat Metheny-guitars; Dave Holland-bass; Roy Haynes-drums.

Afro Blue

ひとが巧く思い出せない
たったひとつのもの
それは声の響きだと思う

兄弟（ブロ）　いい《雪》があんだけどよ
チョコレート色のちいさな手のなかの
マッチ箱には黄濁した大粒の
すさんだ宝石のようなものがはいっていて
まだあの子の顔はぼんやり見えている
けれども

《雪》

その響きには
常夏の闇にいまにも雪が降りはじめて
記憶のまわりの静けさを
もっと深々としてゆく
マイナーコードしかうかんでこない
ゴスペルと教会がすぐ近いのに

氷(アイス)／雪(スノウ)
メキシコ系移民(ウェットバックス)／中国系移民(チンキース)
ブラックパンサー／ＫＫＫ
クリップ団／フーヴァークライム団
アメリカ／アルカイダ

二重駐車された幽霊国籍のしたで溶鉱炉は
暴動のときいっそう燃えた

ウェスト・オークランド・ブルバードの
壁にはびりびりにやぶかれた
アンドリュー・マクドナルドの
『ターナー日記』が釘でうちつけられ
ペンキでまっ青な十字架が塗られている
それは夜の宙空で傷つく交差点にも見えた
スラングの発音が一発の銃声の重みをおびる国がある

ダイナーの窓には
孤独者たちの息の蛍火が
点っては　消え
厚いガラスに付着したその
雪の結晶は
そのまま溶けずに
凍った感情の街路を

幻の都市のなかへとひろげてゆく

あの響き

＊ ice は覚醒剤、snow はコカインをあらわすアメリカ英語の隠語（スラング）

"Afro Blue"by Mongo Santamaria from *Live at Birdland* (Impulse!) :John Coltrane-soplano saxophone; Mcoy Tyner-piano; Jimmy Garrison-bass; Elvin Jones-drums.

In the Year of the Dragon

朱い血からもっとも深い青が生まれた
老水墨画家はじぶんの血で龍を描く
コルトレーンの無心なテナーソロにのり
時間からも　空間からも離れて波打ち
鉛と酢　鮮血の香が筆を空腹でしめらせる

龍がほんとうに宙に浮かぶには記憶から
眼の夢からも消え去る瞬間しかない
ぼくらは喪失の智慧が紫煙になり
バラードになって空中に漂うのを眺めた
砂嵐の国で大人たちが戦っていた年に

"In the Year of the Dragon" by Geri Allen from *In the Year of the Dragon* (JMT): Geri Allen-piano; Charlie Haden-bass; Paul Motian-drums.

II

A Map of the World

読めない　話せない　書けない　そんな有象無象のア
ジアンがしてきたように　放課後の少年は　十五番スト
リートの図書館へと逃げかえってくる

スタインベックもサローヤンも　背に金箔で捺された
本の名は一筋の忘却の光　だからひらくのも　博米地理
社一九五五年八月二〇日刊行『王府市地圖帳』だけ

それから　なんどでも　異邦語の響きと線条を指紋で
聴きとり　歩き　肉体と記憶に刺青してゆく　鳥肌の裏
通りにある写字室で　体内に街路が生まれてくるまで

仮国籍証書に登録された家は　テレグラフ・アヴェニ
ュー　アダムスに男娼(アダム)たちはいない　堅尼地道(ケネディ・ロード)　奇跡小(クール・デ・ミ)
径(ラクル)　哈里森街道(ハリソン・ストリート)　東は白い名前(ノーメ・ブランコ)　西は黒い数字(ヌーメロ・ネグル)

英語の単結晶通りから　あまたの言語が浮きあがり
かさなりうちよせては　紙でこわばった父の背中を襲
う　夏の活版に凹んだ光路(ブライト・ロード)まで

*王府市　オークランド市の旧日本語訳

“A Map of the World”by Pat Metheny from *A Map of the World* (Warner Bros): Pat Metheny-accoustic guitar.

34 Skidoo

グランド・アベニュー

クリスマスイブ　恋人たちはベッドの白い一方通行路
でおなじ顔をしてならぶ　この街にやってきたばかりの
移民が路上でうかべる　あの夢見る顔を

一七番ストリート

詩とは壁にも白くこびりついた観念を　グラフィティ

弾で撃つか盗む街の固有言語だった「蜘蛛はダダする／
夜と夜のあいだの／からっぽの周波数に糸をかけて」

ブロードウェイ

洗いたてのシーツ　今夜　清潔なのは貴女たちだけ
闇さえ白旗をあげる　街のイヴニングガウンにくるまれ
たら　毀れやすい　こころになんて　もうさわれない

"34 Skidoo"by Bill Evans *from Bill Evans* (JMT Records): Paul Motian-Drums; Bill Friesell-guitors; Joe Lovano-tenor saxophone; Marc Johnson-bass.

Take Me Out to the Ball Game

人工芝じゃなかった　アストロドームも　左右非対称
もなかった　アラメダ・カウンティ・コロシアムはほん
ものの空のした　気温も太陽と潮風のまま　ブルー・イ
ン・グリーンならぬ　グリーン・イン・イエローのユニ
フォーム　オークランド・アスレチックスの選手たちは
天然芝のうえでプレーしていた

野球観戦はこいつじゃなきゃ　ホットドッグなんてアマチュアの食いもん　リンデンストリート・ビールとピーナッツの紙袋　雨季あけのカリフォルニアはきつい陽ざし　汗で黒光りする爺さんらはナッツの殻をふみつぶしてよたよた歩き　球場は　ストリートの凍った影をふみわるサウンドでいっぱいになった

ブルペンでは今シーズン防御率一・九一　八〇イニング九三奪三振　エック〝ザ・クローザー〟デニス・リー・エカーズリーの右手首が高くしなりエヴェレスト級の放物線から　速球　変化をつけたカーヴ　シンカー腕と肩全体をウォームアップしている　それから打者がバットをふりはじめる瞬間にまがる魔法のスライダー

わたしを野球につれてって

大にぎわいの観客席へ
ピーナッツにポップコーンも買って
ホームゲームは3D映画を
五感でのぞきこむようなものだ
はるか　下方の席にすわった
モリーのだぶだぶのスエットシャツ
血の気のない雪色のうなじと肩に
そばかす　ほくろ　おでき　濃淡　陰影
極小のしみや　時間の砂紋
人肌にそなわった微細な彩調の混在が

人力車をひっぱりあう人民服の怒声　秋の町をねり歩く
ドゥルガーや神々の粘土像　泥道を裸ではってくる赤ちゃん　マイルスの眼球をしたトンネル兵　棺のまわりを
白い花でうずめ　詩人の遺体をかついで交差点をめぐる

少年僧たち　娼館の庭で涙を流す眼睛樹　固く透明なその謎

になって　ちらばり　光り　響き

こわれたCDみたくリプレイされる
夏の前日　ぼくたちは
世界の根源をかいまみたんだ

"Take Me Out to the Ball Game" by Jack Norworth and Albert Von Tilzer from *Join Bing and Sing Along* (Warner Bros.): Bing Crosby-vocal; Orchestral arrangements were by Bob Thompson.

Don't You Remember?

その人たちは終わりない旅をつづけている
重いあしどりで風の途絶えた麦畑をすりぬけ　赤土の
壁にちからなくもたれ　ポプラの電柱のねもとにうずく
まる永遠の放浪者
　ぐずついた時間を軽く押すように　胸まである蕁麻を
血だらけの指と肘でたゆみなくかきわけ　ぬかるんだ泥

の足跡を踏み渡ってゆく　空（アッパー）の破れ目に包帯を巻く軍靴
ねむり草で鼻緒をむすぶサンダル

ある晩は家畜列車に　ある暁闇は灼熱の船倉におしこ
められ　黄ばんだ化繊シャツやモスリンドレスの波跡
舟酔骨にふれながら正気を叫ぶ袖口　体臭をこえた空
隙　夢で遊ぶその子の顔はなおあたたかく沈黙の内側で
見おろす母の夢と区別がつかない　極端な時空のわずか
な透き魔に身をよこたえ　置き去りにされ　過去さえみ
うしない　気づけば　朝（あした）さえ思い出のなかに
人はみな移民なのだ

「あなたは　ほんとうは」

何層にも折り重なった秘密が　古い秘部を見せながら
剝がれ　大地もない場所に舞い降りる　あそこでは死ん
だ人間の数だけ　どこからともなく難民たちが舞い降り
ます　ある者はそれを　北九龍の皮膚とよびました

フランスに渡れなかったインド＝シナ女の遺稿が潮風
に翻る〈私たちは鬱の大海を泳ごうとしている　母殺し
のできないアジアの男…母殺しは生の必然であり　私た
ちの個体化に必要不可欠（シネクワノン）である…ところがすべての文が
母音で終わるニッポンの男たちは母親を守り《私は私を
殺す》のだ　母を翻訳（トラデュイール）なさい〉
〔編まれた
　　海霧〕が　また　晴れるわ
　　　　　　　　「ほら　あそこ」
康尼島（コニーアイランド）があんなにちかく　ちいさく　漂母の言葉と
同時に射す光が　はいるときは入念に時間をかけ完璧を
きたすのに　さよならのときは
この世に
　　　　いない者らしく
　　　　　　　　息を薄くして

おなじドアをあっさり透りぬける　裏切り（トライユール）の海　空っ
ぽのビックリハウスのうえでネオンが異邦人たちの夜に
鮮血をとどけつづけた
夜鷹たちの羽音がうつむく女神像に心音を贈って

"Don't You Remember?" by Wadada Leo Smith from *Kulture Jazz* (ECM):
Wadada Leo Smith-trumpet, flugelhorn, koto, mbira, harmonica, bamboo notch flute, percussion, vocals

Nemesis

河（ヒー）は

一孩政策でこの国にきたのよ　あたしは黒孩子（ヘイ・ハイ・ズ）だった
兄のあとに生まれたあたしは　養子にだされるか孤児院
にゆくしかなかった　父母と兄は　あたしのために母国
を棄てたの　屯門川から〝川舟（リバーボート）〟に身をかくしてね

キイイイ　ギ　ギイイ

オークランド・チャイナタウンのいたずらな幽霊がい

っせいに　広東英語の木端舟をきしらせた声で啼く　シ
スコの蟬時雨　染めたばかりのトパーズ色の髪をからか
われた彼女（シー）は　いつもとちがう威勢でパシフィックコー
スト・ビール片手にたちあがると一息にパンティをひき
おろし

女の子のほんとうの
髪の色が知りたければ
ここを見せてもらうのね

ボトルからとびちった半逆光が　そのうすい毛の河を
流れくだり　燃え尽きる寸前　記憶フィルムのハレーシ
ョンが　腹や腿のうぶ毛にもからみついた

この一瞬を
心臓のポラロイドカメラが

とらえたなら

（なぜって
写真とは時間の忘我だから）
河（ヒー）の陰部ではなく

彼女（ハー）の両掌

右手がスカートをめくりあげ
左手の親指が淡いグリーンの絹布の
はしにひっかかっている

粒子の粗い写真を
めいっぱいひきのばし
寝室の壁に飾りたい

＊一孩政策　中華人民共和国の人口抑制政策、いわゆる「一人っ子政策」のこと。話はかわるが、アジア系移民のおおくは英語の三人称 he と she の発音における明瞭な区別が苦手だといわれ、そのことでよくからかわれる。

"Nemesis"by Melissa Slocum from *Ralph Peterson's Fo'tet-Ornettology* (somethin'else) : Don Byron-clarinet, bass clarinet; Bryan Carrott-vibes; Melissa Slocum-bass; Ralph Peterson-drums, cornet.

Fire

すべての樹が　閃光につつまれていた
焔星(エンシー)　焔星(エンシー)　ビエンホアの老婆が気狂って
ハチドリ語　グリズリー語　オポサム語
換喩　暗喩　耳にしたことのない詩喩さえ
暗視映像のなかで　クウェートと燃えだした
ニューヨーク　バグダード　古蘭　シリア油田
ネフド砂漠　地中海　死海　聖なるティグリス河
石油に沈むウミウ　焼かれた国旗にくるまれた子ども
民主主義　歌舞伎町のシャンパン・タワー　燃えながら

東京がまどろんでいる
夢を見ない　無頓着な眠り
オークランド・ヒルが　燃えに終えて
アメリカ兵と戦車の映像だけが　燃えなくて

ぼくらが好きだった
死んだ樹たち（デッド・ツリーズ）の世界について
ジャミールが書いた英作文
Mead の黄色い罫線紙を
時間が　こう燃やした

「シエラネバダの熱風が一月も吹き高温の晴天日がいつまでも終わらないと谷の樹々がすべて翡翠色に凍って枯死しちゃうの　ここではつめたさが視覚でしか伝わらない　秋と冬だけが入国してこない州境で　ささり　さりりり　枯葉の鈴が森にあやうい無音をつのらせて外国語

の涙も悲鳴もわすれさせてくれた　世界が私のまわりで
蓮華をひらいたようだった　沈黙のつぎに美しいジャズ
だからいったん山火事になったら炎はだれにも消せない
千仏の時を経てもね　枝についた炎があでやかに紅葉し
ていた　アスターが狂い花を宙に灯し　ウルシが数秒で
紅蓮にかわる　太古からの国が若くもあってもがいてい
る　カイエヌペッパー　ターメリック　カルダモン　故
国においてきたおばあちゃんの香と色彩が　虚空に根づ
いたものらがつぎつぎ渡ってきてサリーを織り女たちの
経糸に私という行方不明の緯糸の通り路をつくってくれ
た」

二十年酔いのセント・ジョージ・ウィスキーの味と
星ではなく
灰の彼方に舌がふれそうな夜に

"Fire" by Jimi Hendrix (Polydor International), from *Turning Point* / USA limited edition (Blue Note): Kevin Eubanks-guitars; Kent Jordan-alto sax; Dave Holland-bass; Mervin "Smitty" Smith-drums.

By Any Means Necessary

断線のまま　とりのこされていた　遠くからの響きだけを載せた鋼鉄が　時間の材質を燃やし　スピークイージー・ビールの瓶と注射器のころがる　ちぎれた夜の底に国境は見えない　それは　ただあった　胸骨のまっすぐした　脈を逆巻く有刺鉄線の塊になって

いま一滴の鼻血がしたたり　重く温かな階段をおりて
ゆく　追憶局　私書箱　迷子預かり室

透明な時間の血晶

五番ストリートにあったあの場所を　ぼくらは黙秘権（フィフス）
と呼んでいたっけ　銃声　悲鳴　サイレン　焼けたゴム
とくすぶる夢の臭いがいまだ漂い　焦げついた壁には
〝187〟のグラフィティ　ケン・ドッグ　セブン　ネス
ティ　ネックボーン　暴動で死んだチャイニーズ・ギャ
ングたちの墓標のしたに　真鍮のドアがあって（「最高
にクールな看板だろ？」）そこがジニョンのタトゥーシ
ョップだった　イラク行きか帰りの男や女に　どんな刺
青がいい？　ダイ・ハードかい？　クラムの漫画？　部
隊章？　心臓と鎖？　恋人のヌード？　ヘイ　ここは肉
体の自由の国だぜ

キム自身の首や腕も果てしのないタトゥー銀河だった
龍　ハーケンクロイツの脇にちいさな六芒星　天使　ケ
ルト文字　ハングル　バットマン対ジョーカー　バーコ
ード　メタリカ　スレイヤー　忘憂洞（マンウドー）からきた移民一世
の父親が教えたドアーズの歌詞もある　おれたちは世界
が欲しい　いま欲しい

現実と虚構がともに滾り移ろう星井戸　血とインクが
零れたばかりの星々に濡れることもできない世紀　大人
たちは時間を見ていた　それは点滅（オール・オア・ナッシング）です　正義で
あり　光っては消え　生きているとも死んでいるともい
えません　全米ライフル教団　シンクレア　人種闘争
暗殺　秘密保護法　愛国法　砂漠で死のハイウェイを燃
えあがらせ　メキシコ国境には壁を　世界を防衛する新
たな闇がテロリズムを工場化する

七歳のベラだけがこうたずねた　なんで英語だと過去
が一方向にのびるの？　ベンガル語のカル（きのう）ならこれから
おこることでもあるわ　ベラは花だけど母音を子音に変
えれば時間の長さにもなる　シャカルベラは朝　ビケル
ベラは午後　ラトリルベラなら夜　ベラの単語帳で
yes-ter-day はのびやかに言葉の樹木を抱く　過去のす
べてを順不同にくるみこむ語彙の胡桃
ねえカルフォルニアってどんな時間？

なぜ血は　夢見る記憶を呼び醒すのか　カセットテー
プリボンでドレッドヘアをまとめた片腕の郵便配達夫に
して元保線夫　ウィスキーの川辺にテントをはった老ワ
＝ダダが　両掌にささやく　なんて　きれいな水なんだ
ママの氷蔵庫からジュピター・ビールをくすねてきたよ
つめたい川で野球しよう　ここにくればいつだって見え

る　空中で静止するボールの縫目までね　胸いっぱい息をすうと　いまとあのころに挟まれた「時」の塊がおしよせてくるんだ

一九九一年一月の壊れた夏空がまっすぐうえにあった
水は罅割れて流れ　光沢のちいさな塊が　ざらついたコンクリートにひっかかっていた

"By Any Means Necessary" by Gary Thomas from *By Any Means Necessary* (JMT): Gary Thomas-tenor saxophone, synthesizer; John Scofield-guitar; Tim Murphy-piano, synthesizer; Anthony Cox-bass; Dennis Chambers-drums.

Ⅲ

Mirror, Mirror

——for Mr. Paul Gray

ぼくらにはとうてい　そこがなにかを
創りだす場所には見えない
空気を引き裂くハンマーの響き
大音量でスリップノットがかかり
切断される鉄の断末魔のさけび
イーストベイ造船所はまさに
破壊のアリーナだった
世界はここから壊れようとしている
でも　ドックで働く人間は

自分たちに課された　使命の
ほんとうの意味をしらず
ただ硬いものたちであふれる世界と
格闘しているにすぎない
秘密に気づけたのはアジアの少年たち
見えない火口箱のように
虫歯が　じわじわとひろがって
顎中の骨という骨に侵攻し
この世のありとあらゆるものはガラガラと
バラされ　焼け腐ってゆくのだ
とくに魅せられたのは
バーナーの穂先からふきだす炎だった
知っているどんな火力
ストーブやランプや中華の調理コンロより
威力があり　また美しかった
濃い赤銅色が極まって

ところどころに藍にはねかえる炎が
硬い銅の鏡面に噴射される瞬間
世界崩壊の予感が魂を焼く
工員が顔にあてるあの鉄仮面
半仮面性も　類を見ない稀な工具だろう
それでも
仕事外のかれらの顔と内面は
ずっとやわらかかった
老マイクはチーズバーガーふたつに
チョコシェイクをつけるスペンサー流を
教えてくれたし　休憩時間には
バークレーを中退したJ・Jが
ライヤード・キップリングのソネットを
おならの音をまじえてアフロ流にラップした
いまはLAにとられてるけど鉄鋼の港町
オークランドはレイダースをとりもどすわ

とさけぶ　アーイシャは作業着をぬぐと
トップはビキニで
アンカースチーム・ビールをらっぱ呑みする
このタトゥーはわたしのオプセッション
キエフ生まれの彼女はそう発音した
キリル文字とおなじ緯度で
ブルーとイエローに翼を塗りわけられた
旗蝶は汗まみれの乳房を舞いつづけ
薄紫　オレンジ　ピンクの
鋼の鱗粉をまきながら
消えた紅い森（ルディ・リス）をさがしている
亜麻色の髪の女の子が
撃たれたとき
一滴の血が
つかのま
鼻のさきにゆれた

赤ちゃん(ドーブレ)だったわたしは一瞬
きれいな線香花火だと思ったわ
追放者列車が畑をとおったときも
農夫たちは鋤を手ばなして
拍手していたっけ　わたしたちを
歓迎してくれているんだと
ちいさな手をふりかえしたのをおぼえてる
ルーシは特別な国

クリミアワインを一滴
世界中の〝主のいない海(マレ・ヌリウス)〟に
落としたくらい特別な国

じぶんとはちがうから
じぶんにないものをもっているから
血漿のなかで暴れる空虚は
詩人たちの言葉のように分裂してゆく
人間はたち止まることを知らず

過去は幻にすぎなくても
言葉には　いつだって
過去のふたつめの心臓が鳴り響いている
鉄がとろけ
焼け　爛れるにおいは
なんどシャワーを浴びても
爪のなか
皮膚腺にまではいりこみ
夢のなかでもおちない　業火の星獄で
ちいさな鏡のついた暗黒アートの
仮面をかぶり　汗みずくになりながら
あらゆるものを焼きつくす大人に
ぼくらは　秘密を問いかける
あんたは世界を壊しているのか
いいや　そいつは逆だよ
おれらはまさに世界を創っているのさ

"Mirror, Mirror" by Greg Osby from *Mindgames* (JMT), Greg Osby-Saxophones, percussion, voice; Edward Simon-piano, keyboards; Kevin McNeal-guitar; Lonnie Plaxico-bass; Paul Samuels-drums.

Talkin' Loud and Sayin' Nothing

あんたのぬるいナイフじゃ
だれも傷つかない

「プレーを潰してこい」
大人においつめられた学生が
フラッシュの業火に独りで耐え

一インチを刻む
エンドゾーンの攻防戦
守備選手はラインを押しかえす
プロテクターが湯気をあげ
筋肉も骨も勝利もくだけちり
涙声で叫ぶ二万人にもわからない
これ以上なにを守ろうってんだ
見えない線を
屈托なく　笑い　肩をたたき
一日の終わりには　静かな赦しを
さわやかな苦味でつつむ白麦酒を呑み
イルカ化する少年少女が電子の海へ還り
隠蔽　改竄　嘘まみれの権力者を嫌い
ファシズム　レイシズム　を憎み
地球上のあらゆる尻尾を愛し

労い　明日は　恐くない
だれもがもつその
透明な線
詩の一行を
彼は押しかえそうとしたのか

あんたは好きなだけ
だれも聴かない歌をさえずりな

"Talkin' Loud and Sayin' Nothing"by James Brown from *Biscuits* (CBS):
Living Colour.

Skies of America

眠っているジャズたち　中古ダッジの窓に
雷鳴がうろうろはさまっていた
雨粒が何滴かちって
それから嵐がのみこんだ
時速九三マイルで疾走する鋼鉄の悪夢を
四方から爆風雨がはげしくたたいて
ぐらぐら　ゆらし
対向車のヘッドライトが

フロントガラスをはしる水流に引火して
ダンスした
　　ネオンが消える
　　　それから
時間の終わりに雨が降りそそぐ

*

遠く　ハロウィンの
カカシたちがつどう
畑のなかへ落下する
パラシュート訓練兵
非飛行性飛行体は
呆然と言葉の果てへ

墜ちるための
無意識も　わからず

＊

ジャズが生まれるのはまさにこんな夢の紙屑から　シン
シナティのはずれをドライブしたとき　ぼくらは目に見
えない鳥の声をきいた　あまりに完璧で美しかったから
地平線に煙った緑閃光に歌の翼がシルエットになって浮
揚する瞬間を見たといいきることができそうだった　ダ
ッシュボードからすぐに嚙痕のついたビックのボールペ
ンをとりだしてレシート裏に音階をメモする　車から目
にするものすべてがジャズになった　人間と地球のパー
ソナルな地理学であり詩行であって　過去　現在　未来
東西南北　ハイ／ロウ　血と肌　なんでもかんでも

行き来（スウィング）して
　　　それでも　きのうも一昨日も泊まった　鍵穴
の感触やドアマットまでおなじモーテル　縦横おなじな
らびのドア　迷路のない迷路のまえで身動きがとれなく
なる日々があった　一日歩きまわり呼吸するための文法
や　出来事をまとめている構文がばらばらになってしま
う　単語と単語のあいだ　行動と行動のはざまで迷子に
なってしまう

そんな夜のほうが　ジャズはうまく演奏できた

＊

一晩の音楽が　呪いになる
　いまも頭にこびりついてはなれないのは
ロドニーの店でのすさまじい深夜

テーブルと壁のはざまのステージで
ヨシフ　いや　ジョーはトランペットのベルを
　床にふれんばかりにひくくかまえ
〝ナルディス〟へゆれうごくテーマをほんの
数オクターブずつ　ゆっくり指で転がす　帳(チャン)
　いや　ロブのハイハットが　消音された南スラブの
メロディへ逸れかかるのを　ピシャッ　シャ
　娼婦のホックやペチコートにこびりついた夜鷹の
ピチカート　チーチッチシッー　四つの拍子だけで銅に
　モッキンバードのうたを歌わせる
シンバル・レガート　ギターがブンブーン　Eフラット
　からA　AからDマイナーへベースコードをかるく
グリッサンドして弾きながら
　小節の出だしの十六分音符を　五度　もう三度上げ
低音をとらえなおして試す
　下降する伴奏音形を　こんどはジョーのペットが

中音域で遮り　翔びたたせてやりながら
　ゆったりしたビートで一音を　やつ自身が
剃刀になってしまうまで　かぎりなく　細く
　するどく　吐きだし
最前列の混血女（ミュラトー）のえりあし　カットされたギザギザに
　鳥肌をたたせながら旋律の時計を螺旋台からはずす
何コーラスもつづくソロは　あまりにひかえめで
はじまったことさえ気づかないうちに高くFシャープの
　まま　時切れていた　火炎放射される
セルビア十字架　蒸発するサヴァ河も
なにも　伝えず　即興された空白は
記憶を鍛えることだとでもいうように
　その廃音をねらって
ロバートが坊やのころから聴いてきた　じいさんの
　寝物語に登場する苦力（クーリー）鉱山汽車のリズム
小節を自在に伸長させるバックビートを力強く

　パパパーンと五度以下でたたいておいて
ビートをガタンゴトンおし転がし　すると
　あの鳥を思いだしたんだ　Cセブン　第一弦を
アート・ペッパーの雪（スノウ）で沸騰するアルトの絶叫までしぼり
　その一音を十二小節の終わりまで延々ふるわすと
ついにあの次元　ジャズの内宇宙にだけ可能な
　時間が聴こえだす
ジョーのBフラット楽器とギターのGメジャー・キーの
　きりもむ音形が鏡像をなし
Fセブン　Bセブン　Gマイナー・セブンから
　Cセブンへ　すべてが　同時に並存曲線をえがき
セブンスコードに変化する
　ジャズに欠かせないスケール
ブルースの階（スケール）　ロブはスネアにおおいかぶさり
　顔からしたたる見えない水が涙の十二音階を溶かした
ギターの右指は客席からのもらい煙草をはさみ

煙は音もなく酸素と結合し宙空へと還る
思い出したところで何も起こらない
　左指は　詩と鉄弦だけが歌う
鋼鉄のリズム　ブルーノートを　風のゴスペルに刻む
　紫煙がバラードになってただよう暁まで

Skies of America (SME)by Ornette Coleman-alto saxophone; London Symphony Orchestra.

Lune et Calvados

背も高くなって　すらりとした
きみは　月に酔ってベッドをぬけだし
　　　　窓まで歩いてゆく
また蕾をつけた海の桜も闇から炎を
即興する夜鷹も　おおきくはみえない
ちぎれた鋼のスケルトンをすかし
まあたらしい街灯が照らしだすのは
肩から脇腹へ　胸からひざへ
流れおちる曲線のまばゆさ

発熱する氷　性

血管のなかを雪光がしんと舞いあがり
両脚にながい影をつけて　溶かした
無音の音楽だけが吹く　ジャズと詩を
きみのなかの野生がおきあがり
無言でせがむ

どうやったって　おとなと
子どもの境界なんか引けやしない
あの廃鉄塔と海のあいだ　無垢のまま
かがやく　純銀の弧みたいには
　きみはふりかえる

記憶が忘却の殻にしっかり
守られてきたように
それから
白鷺の　優雅さで　黙って
時間の巣へもどってくる

"Lune et Calvados"by Issei Igarashi from *Tokyo Moon* (Deep Blue) : Issei Igarashi-trumpet; Yoshihiko Nakaya-piano; Nao Takeuchi-bass; Akira Igawa-drums.

Nomad

通りのバーの扉はぜんぶ
もっと音を　でかくしようと
アンプがわりに　あけはなたれ
ブルースの爆音が　シスコの裏道を
さまよい歩く　電音の狐火は
四本脚の炎で高架線の空路をかけあがり

警官のほお髭にキスする
ルージュとつけ睫毛の男たちの唇

女学生の舌ピアスをびりびり感電させた

ラテンも　アフロも　アジアも
アン・ウォルドマンもシュワルツェネッガーも
戦いをやめさせようと声をあげ

真空管と化したケルアック通りから
コバーンの針へ　フェンダーを点火する
街をダンスして歩く　それだけで

さらなる　分離　なんだ
ジャズや詩とおなじ
一音節ずつ　自由に　なる

"Nomad" by Issei Igarashi from *Free Dopes* (OMAGATOKI): Issei Igarashi-trumpet;
Hideo Ichikawa-piano; Masayuki Tawarayama-bass; Tamaya Honda-drum

The Long Way Home

記憶に干されたTシャツが
風の河を
飛んでいった
どこへ？
ビルとビルがハンガーみたく
くっついた青空の空き地
ここにはあらゆるものが飛んできて
通過していった

虹の残片　パンティ　避雷針へ亡命するターバン
滞在期限のきれた街中の洗濯バサミと

"The Long Way Home"by Bobo Stenson from *Underwear* / limited edition (ECM) :
Bobo Stenson-piano; Andres Jormin-bass; Rune Carlsson-drums.

Harlem Blues

夜明けの縁を
飛びつづける子がいた

血はさかだっている
皮膚もついてはいない
生まれてこられるか

だれにもわからない
ただ時間の羊水のなかで
息だけが咲いていた

かなしくなんてなかった
うれしくなんてなかった

ここにいるようで
どこにもいないみたい
お胎に感じるのに

でも　すごく遠い
これが　生命のビート
終わりにむかって
独りで歩いてゆく
やさしさなんだ

blue　は涙とおなじ

視えてはいけない　どこまでも
柔らかく透きとおった果て

少女がまぶたをこすると
雪にけぶる子午線のしたから
ネオンの脈拍が聴こえた

夜どおし焚かれたドラム缶に灯る
盲目の新聞売りが　じゃらじゃら数える

一〇セント硬貨の音楽
きっとあれは　どこの国のでも
だれのものでもない通夜だ

棺のない聖菓子（クレイチャ）は
焼け焦げた新年の手紙に碧く

光る　異邦語の小鳥が啄みにきてくれる
記憶の偏西風がひらいた
無力（ブルー）なノートを　aもzも痛みも

なにもかも
左から右へ
水平におし流されていった

なにもわからなくて
こらえきれなくて
眠りに　指が
はらはら
散ってゆく

ハーレム　また
まどろみはじめた
時間の海へ

"Harlem Blues" by William Christopher Handy from *Music from Mo' Better Blues* (Columbia): Cynda Williams-vocals; Branford Marsalis -soprano saxophone; Kenny Kirkland-piano; Robert Hurst-bass; Jeff "Tain" Watts-drums; Terence Blanchard-lylycs.

アメリカ西海岸、カリフォルニア州アラメダ郡オークランド。

サンフランシスコからゴールデンゲート・ブリッジをわたって対岸にある港湾都市。都市圏には約七三〇万人が暮らす。シリコンバレーでITバブルがおこる以前、市の主産業は海運業、大陸横断鉄道による陸運業ならびに鉄鋼業。生粋のブルーワーカーの街だった。北辺は学生とヒッピーの街バークレーと接し、市の中心にはメリット湖が漣をたてている。湖の西岸には、官庁オフィス街とチャイナタウンがひろがり、かつては日本人街もあった。オークランドといえば、スポーツ愛好者なら、アメリカプロ野球メジャーリーグチームのオークランド・アスレチックスや、ナショナル・フットボール・

リーグのオークランド・レイダースを想起するだろう。

人種構成はアフリカ系アメリカ人住民がアングロサクソン系より多く、ヒスパニック系、アジア系、ポリネシア系とつづく。また、オークランドは急進的な黒人解放運動家マルコムXが興したブラックパンサー党の本拠地でもある。市は高級住宅や私立学校が建つ緑豊かで清潔な丘陵地オークランド・ヒル側と、犯罪事件の多発する灰色にくすんだダウンタウン側に二分されていた。

白い街と黒い街に。

一九九〇年夏。ギター・ケースをかついだ日本人高校生が、この街に降りたつ。ダウンタウンのそこここには、八九年のロマ・プリータ大地震と直後におこった暴動の爪痕が生々しく刻まれていた。市街地のシンボル、カリフォルニア屈指と讃えられたチューダー様式風のオークランド・トリビューン新聞社時計塔は倒壊し、市の財政難のため修復もままならないでいた。異邦の街は、経済的繁栄に沸く母国日本とくらべ、荒廃した都市に映る。おなじころ、イラク軍がクウェートに侵攻。翌一九九一年一月一七日にはジョージ・H・W・ブッシュ大統領がアメリカ軍部隊をサウジアラビアに展開し湾岸戦争が開戦。9・11と、夏のように終わらない対テロ戦が連鎖する現在の新世界秩序を生む火種となった戦争下の国に、日本の少年はそうと知らずいあわせていた。

人種的対立、格差社会、貧困、麻薬禍、ストリートギャング、夜闇に響く銃声。戦争下のオークランドの現実は、日本で想い描く常夏の別天地とは、あまりにちがった。日本からきた少年は、客人あつかいなどされない。アメリカ英語を解さず、着の身着のまま流入しつづけるアジア系移民のひとりとして受け入れられ、生まれて初めて人種差別もされた。以来、ただのアジア人になった少年は、身にしみて知ることになる。言葉を想いのまま話し、読み、書けないことが、社会に生きるうえで、どれだけ致命的な傷かを。

そんな少年をアメリカにとどめたのは、ジャズと、母国も人種も言語もちがう移民たちの温かな友愛。

国語と肌のおおきな拳にこづかれつづけ、異邦でさえ家出をくりかえす痩せたアジアの少年に、最初に手をさしのべてくれたのは、中国、台湾、インドネシアから渡ってきたアジア系移民たち。オークランド市立スカイライン高校「第二言語としての英語」教室は、移民たちの坩堝だった。メキシコ人、ロシア人、ユーゴスラビア人、ウクライナ人。アメリカ人にとって若く見えるアジア人のなかには、少年の目には自分の親世代にしか見えない自称高校生がまざっている。不法滞在中の同級生たちはおなじものから追放され、逃亡してきたのだった。圧政、貧困、戦争。

それでも、オークランドにはまったくべつのビートがあった。オークランドで「ジャズ」といえば、リズム&ブルース。それは、全世代にもっとも愛されている音楽で、ジミー・リードといった伝説的なブルースマンをはじめ、モダン・ブルースではファンタスティック・ネグリート、近年ではアルヴィン・ヤング・ブラットハートなど、オークランドが輩出したアーティストは枚挙に遑がない。メリット湖畔で毎年開催されたジャズ・フェスティヴァルに出演するのはB・B・キングやアルバート・キングであり、アルマーニのスーツに身をつつんだマルサリス兄弟ではなかった。ブルースの青い鼓動から、ジャズではデヴィッド・マレイ、ハーヴィー・メイソン、俊英アンブローズ・アキンムシーレが、ファンクではタワー・オブ・パワー、ルビコン、パンクではグリーン・デイ、そしてヒップ・ホップではMC・ハマー、路上で銃殺された2パックといったミュージシャンが生まれた。アジアの少年はますます心奪われる。国語も肌もいらない、楽器の音色だけで胸底から語りあえる、ジャズという音楽に。

小曽根真の珠玉のバラッド「Asian Dream」がそうであるように、本詩集に収められた詩篇のタイトルと詩行はすべて、インターネットもない当時、少年が演奏し聴きつづけてきたジャズナンバーとインタープレイ（対話）するよう希われ書かれている。ご興味のある読者諸氏は、各詩篇末に付されたクレディットを参考にレコードやCD、いまならYouTubeなどで検索してオリジナル曲にふれ、詩をお読みいただけたら、これに勝る歓びはない。

詩を書き編むあいだもオーネット・コールマン、チャーリー・ヘイデン、ジェリ・アレン、ジョン・アバークロンビー、辛島文雄、ポール・モチアン、トーマス・スタンコといった現代ジャズの巨星が遠逝いてしまった。

それから、J・J。ギタリストの神様ウェス・モンゴメリーの基本単語を少年に教えた青年は、チョコレート色の親指をピックに愛器ギブソンES-175Tでチャーリー・パーカーのソロを難なく弾きこなした。学費が払えず大学を中退した彼は、奨学金ローン返済のため海兵隊バンドに入隊。第二次派兵に出征し、帰国することはなかった。

この詩集を、オークランドの思い出とアメリカの兄弟姉妹友人、アメリカと日本の母国語も肌も異なる両親に捧げる。

八千の日と夜と孤独をともにしてくれた、偉大なジャズたちにも。

帰国から十年がたち、アメリカの夢にうなされなくなったかつての少年は、偶然、クリント・イーストウッド監督の映画『ブラッド・ワーク』を観る。エンドロールが流れ座席をたとうとした男は、瞳を瞠った。映画館の闇に浮かんだのは、少年が見たことのない、文字盤に灯をともす立派に再建されたオークランド・トリビューン社時計塔と、それをおおきく渦巻いてブルーに煌めくネオンの海。数十秒の空撮ショットを観ただけで、少年の体内に街路を広げていた異邦の母なる街は、もうどこにもないことがわかった。

その瞬間、はっきり予感したのだ。少年があの無傷の光のなかに舞いもどることは、もう二度とないだろう、と。

そろそろ、時を言葉で埋めるのはやめにしよう。

日本最古のジャズ喫茶「ちぐさ」にて　二〇一八年　夏

初出一覧

I

Asian Dream　「現代詩手帖」2015 年 1 月号
Illusion　「現代詩手帖」2015 年 1 月号
Cool Nights　「すばる」2016 年 3 月号
Slang　「歴程」2017 年 1 月号
Solar　「現代詩手帖」2015 年 7 月号
Afro Blue　「現代詩手帖」2017 年 1 月号
In the Year of the Dragon　「文藝春秋」2015 年 6 月号

II

A Map of the World　南方書店「壁の詩」2017 年 2 月掲出
34 Skidoo　南方書店「壁の詩」2017 年 3 月掲出
Take Me Out to the Ball Game　「Books」6 号、2017 年
Don't You Remember?　「Books」67 号、2017 年
Nemesis　「文芸埼玉」97 号、2017 年
Fire　「B&B Italia」57 号、2018 年
By Any Means Necessary　「JUXTAPROSE」9 号、2016 年

III

Mirror, Mirror　「現代詩手帖」2016 年 1 月号
Talkin' Loud and Sayin' Nothing　「読売新聞」2018 年 6 月 29 日夕刊
Skies of America　「World Poetry In China 2018」2018 年 10 月号
Lune et Calvados　「朝日新聞」2016 年 3 月 15 日夕刊
Nomad　「文芸埼玉」98 号、2018 年
The Long Way Home　「文藝春秋」2016 年 11 月号
Harlem Blues　「現代詩手帖」2018 年 1 月号

Asian Dream

著　者———石田瑞穂（いしだみずほ）

発行者———小田久郎

発行所———株式会社思潮社
〒162-0842　東京都新宿区市谷砂土原町 3-15
電話 03(3267)8153（営業）・8141（編集）
FAX 03(3267)8142

印刷———創栄図書印刷株式会社

製本———誠製本工業株式会社

発行日———2019年5月20日